Christoph T. M. Krause - England - My Dearest
Abschiedsbriefe an einen englischen Freund

AF204324

Christoph T. M. Krause

England
My Dearest

Abschiedsbriefe an einen englischen Freund

© 2021 Christoph T. M. Krause.
Umschlaggestaltung, Illustration: Christoph T. M. Krause.
Autor Christoph T. M. Krause, Heerstr. 394a, 13593 Berlin.
Verlag und Druck: tredition GmbH, Halenreie 42, 22359 Hamburg.

978-3-347-21709-6 (Paperback)
978-3-347-21710-2 (Hardcover)
978-3-347-21711-9 (e-Book)

Bibliografische Information der Deutschen Nationalbibliothek:
Die Deutsche Nationalbibliothek verzeichnet diese Publikation in der Deutschen Nationalbibliografie; detaillierte bibliografische Daten sind im Internet über http://dnb.d-nb.de abrufbar.

Dieses Buch ist Michael Tidbury gewidmet

25. März. Das Ende von Gestern.

Lieber Michael,

wie immer schreibe ich dir mit Wehmut.

Das Jahr 2020 veränderte alles, nichts bleibt wie es war.

Das, was wir für das Normalste der Welt halten, auszugehen, Freunde zu treffen, Familie zu besuchen, ins Kino zu gehen, essen zu gehen, in Urlaub zu fahren, einen Ausflug am Wochenende zu machen usw., ist nicht mehr möglich. Es ist auch nicht mehr möglich, die nähere Zukunft zu planen.

Noch vor einem Jahr hätte man es nicht für möglich gehalten, dass ein solches Science-Fiction-Szenario jemals Wirklichkeit werden würde.

Man kannte so etwas aus Filmen, aber schon damals, als wir diese Filme sahen, beschlich uns das leise Gefühl, es könnte eines Tages einmal Wirklichkeit werden, aber wirklich daran geglaubt, haben wir nicht.

Dies war vor Ausbruch des Ersten Weltkrieges wohl genauso gewesen; jetzt können wir besser verstehen, wie sich so etwas anfühlt.

Unsere Vorväter, damalige „normale" Menschen wie wir, hatten sich auch nicht vorstellen können, dass es einen Weltkrieg geben würde, dass ihre Jugend in den Krieg ziehen würde und sich gegenseitig umbrächte. Wer hätte sich vorstellen können, dass sie ihr junges Leben in Schützengräben gefährden müssten.

All das konnten sich die Menschen nicht vorstellen und auch Jahre später, im Jahre 1933 bzw. 1939, konnte niemand in Deutschland und der Welt wirklich ahnen, geschweige denn sich vorstellen, was da noch zusätzlich auf sie zukommen würde.

Niemand ahnte nur im Geringsten, dass seine / ihre Nachbarn von heute auf morgen nach Auschwitz deportiert werden würden. Niemand konnte sich das vorstellen und genauso ist es heute auch wieder.

Wir alle haben es auch nicht für möglich gehalten, dass wir es erleben müssten, einmal im Supermarkt leere Regale vorzufinden, die von Hamsterern leergekauft werden würden.

Dies ging im März dieses Jahres über Wochen so. Lange Zeit war Toilettenpapier knapp bzw. total ausverkauft; auch Mehl und Konserven gab es kaum noch. So etwas macht Panik, auch wenn man versucht, vernünftig zu bleiben, es steckt sogar an, wenn man überall lange Schlangen vor den Supermärkten und Maskenpflicht sieht.

Früher haben wir doch alle Maskenträger belächelt, wenn man Berichte aus Asien sah, wo die Menschen alle schon mit Masken herumliefen. Das war für uns eine apokalyptische Vorstellung, nun ist es Wirklichkeit und wir wissen nicht, wann es aufhört.

Es sind zwar Impfungen avisiert, inzwischen gibt es auch schon mehrere verschiedene Produkte, aber niemand weiß, wie und wie lange wirken sie, wirken sie überhaupt, müssen wir uns trotzdem weiter schützen? Müssen wir trotzdem immer weiter Maske tragen, vielleicht für immer? Wie sieht es aus mit unseren Kontakten zu Freunden und Familie? Was wird aus uns werden?

Im Grunde war die Gefahr einer weltweiten Pandemie immer schon da, nur niemand hat sie gesehen oder wahrhaben wollen.

29. März.

Lieber Michael,

wenn ich Straßenbahn oder Zug fahre, muss ich mich z.B. irgendwo festhalten; das habe ich nie mit Handschuhen gemacht, gut, ich habe schon in den letzten Jahren meine Hände desinfiziert, weil ich mir darüber Sorgen gemacht hatte, auch weil ich wegen diverser Risikofaktoren persönlich besonders vorsichtig sein muss, aber ein „normaler Mensch" hätte das niemals gemacht, das war unvorstellbar!

Tröpfcheninfektionen, kontaminierte Flächen z.B. durch Noroviren oder andere Durchfallerreger im günstigen Fall, waren schon lange im Gespräch, schwere Infektionen verursachen zu können. Und es gab noch viele andere Erreger, die uns gefährlich werden konnten.

Nun, werden manche sagen, ein gesundes Immunsystem muss in der Lage sein, diese Dinge abzuwehren. Das ist sicher der Fall, aber letztendlich konnte das Risiko niemand wirklich beurteilen und jetzt sehen wir, es gibt diese Gefahr und sie ist potentiell tödlich!

Ein großer Fehler wurde am Anfang der Pandemie gemacht, indem offiziell behauptet wurde, junge Menschen hätten dem Covid-19-Virus viel entgegenzusetzen, sie würden meist nicht krank oder blieben symptomfrei.

Es stellte sich dann heraus, dass das so nicht richtig ist. Sicher, es gibt viele Menschen, die diese Ansteckung ohne Probleme überstehen, es gibt aber auch die anderen, die schwer erkranken oder sterben, obwohl sie jung sind.

So schützen sich viele junge Menschen nicht oder wenig, weil sie glauben, sie seien nicht betroffen. Dass junge Menschen einfach ihr Leben führen wollen, kann man ja auch verstehen, es wird aber letztendlich dazu führen, dass auch sie teilweise schwer erkranken und die Nachwirkungen dieser Erkrankung ist oft doch schwerer, als man dachte.

Im Grunde macht es mir wenig aus, auf die vorgeschriebenen Sicherheitsmaßnahmen zu achten. Wir sind beruflich fast nur im Wald unterwegs, aber auch da gibt es Probleme. Menschen, die sich überhaupt nicht darum kümmern, dass es auch andere Mitbürger gibt, die vielleicht vorsichtiger sein müssen. Diese Ignoranten gehen z.B. zu dritt einen Weg lang und machen keinen Platz, wenn man ihnen entgegenkommt. Wir müssen uns dann regelmäßig in die Büsche schlagen, um sie vorbei zu lassen.

Dann gibt es die Fahrradfahrer, die einfach an uns vorbeijagen, keinen Abstand wahren und ihre Aerosole versprühen. Ebenso wie die Jogger, die sich rücksichtslos verhalten, denn gerade die verbreiten ihre Aerosole sehr stark.

Selbst im Wald, wo man glauben könnte, dass man sicher ist, lauert überall potentielle Gefahr, das heißt, wenn viel Betrieb auf dem Wanderweg ist, dann muss man sogar die Maske aufsetzen, um der Gefahr etwas entgegenzusetzen und den Aerosolen zu entfliehen. Das ist nicht sehr schön, denn im Wald möchte man gerne frei durchatmen können.

Beim Einkaufen trage ich eine ffp3-Maske, die ich noch von vor der Pandemie hatte und trage zusätzlich ein Aufsetz-Visier und Handschuhe. Damit fühle mich einigermaßen sicher, denn im Supermarkt, in den ich gehe, kann man Abstand so gut wie nicht einhalten und selbst wenn man es könnte, würden es viele andere Einkaufende einfach nicht einhalten.

So ist die Pandemie eigentlich nur der Spiegel dessen, was in der heutigen Welt überhaupt passiert, immer mehr Egoismus, Rücksichtslosigkeit und Besserwisserei greifen um sich.

31. März.

Lieber Michael,

wir hatten schon immer Ängste und Sorgen in unserer heutigen Zeit, schließlich war lange Zeit der Dritte Weltkrieg nicht weit entfernt, denn es gab schon immer überall Konflikte in der Welt, u.a. herrschte Kalter Krieg. Das wird gerne vergessen oder ganz verdrängt.

Deutschland war realiter mittendrin (gemeint ist zwischen Ost und West) und wenn hätte es einen Atomkrieg gegeben, wären wir Deutsche (und natürlich auch andere) die ersten gewesen, die hauptsächlich davon betroffen gewesen wären.

Heute schaut man sich in der Welt um und muss erkennen, dass sich trotz zweier Weltkrieg und einem Holocaust im eigenen Land, nichts Wesentliches geändert oder verbessert hat. Kriege gibt es weiterhin überall, sogar Weltkriege und Massenvernichtung drohen potentiell in allen Weltregionen.

Hoffentlich wird Trump nach vier Jahren im November durch eine ausreichende Mehrheit abgewählt und bleibt dabei vernünftig, wenn er tatsächlich verlieren sollte. Denn Trump ist einer von den Mächtigen, die unberechenbar sind.

Zu „guter" Letzt sind wir Zeugen der weltweit größten Flüchtlingskrise. Millionen von Menschen versuchen, ihrer Heimat zu entfliehen, seien es Menschen aus Afrika oder Asien, alle nehmen die Route über die Meere, um nach Europa oder in die USA zu kommen, mit entsprechenden Folgen für Europas und Amerikas Politik.

Über Jahrzehnte und Jahrhunderte erkämpfte Freiheitsrechte und Liberalität geraten in Bedrängnis, man hat den Eindruck, es gäbe einen weltweiten Rollback.

Anstatt sich in der Europäischen Union zusammenzuraufen, spielen nationale Eigeninteressen mancher Länder oft die größere Rolle, ein Extremfall ist ja leider „dein" Großbritannien, das die Europäische Union verließ, ohne jedoch bereit zu sein, mit derselben einen vernünftigen Scheidungsvertrag abzuschließen. Wie es nach dem Ende der Übergangszeit weitergeht, weiß momentan noch niemand.

04. April.

Lieber Michael,

das Besondere an all diesen Dingen, die heute passieren, ist, dass du sie wahrscheinlich genauso oder ähnlich erlebst. All das, was uns heute gemeinsam ist, war schon früher im Grunde genauso, nur, dass es doch anders war. Das klingt wie ein Widerspruch, der aber keiner ist.

Traditionell waren Deutschland und England vor den wahnwitzigen Kriegen des 20. Jahrhunderts doch eigentlich immer wie Schwestern und Brüder gewesen.

Unsere Königshäuser gehörten zu <u>einer</u> Familie, wir <u>waren</u> Familie, wenn auch die einzelnen Teile derselben sehr unterschiedlich und anders waren.

Ist es aber nicht so, wie im normalen Leben? Sind wir nicht auch in unserer normalen Familie unterschiedlich, manchmal verhalten wir uns wie feindliche Nachbarn, manchmal, bei großen gemeinsamen Treffen, sind wir jedoch wieder wie ein einheitlicher Clan.

Lieber Michael, guck dir unsere Sprachen an, sie sind sehr ähnlich und doch so anders, genau wie wir selbst. Man sagt, das Englische habe akustisch eine Wellenstruktur und das Deutsche eine Sägeblattstruktur. Wie treffend bezeichnet!

Genauso sind doch unsere Mentalitäten und doch stimmt dieser Rückschluss nur teilweise. Es gibt halt, wie so oft, Zwischentöne und Überlappungen. Ich finde, dies ist letztendlich gut so.

10. Mai.

Lieber Michael,

als ich in den 1970er Jahren 16 Jahre alt war, kam ich in dein Land zum sogenannten „Schüleraustausch". Sofort merkte ich, England war sogleich mein zweites Zuhause und doch war es so verdammt anders.

Ihr hattet Doppeldeckerbusse mit offenen Einstiegsplattformen. So etwas gab es nicht in meinem Land, undenkbar! Offene Plattformen!

Und man konnte während der Fahrt auf- und wieder abspringen! Das war für mich der Inbegriff von Coolness. Never ever hätte es das in meinem Land gegeben. Zu reglementiert, zu uncool, zu gefährlich!

Was mir noch auffiel, alles war irgendwie altmodischer und heruntergekommener, als ich das von meiner Heimat kannte.

Bei uns war auch alles altmodisch, aber nicht heruntergekommen. Alles war im Krieg zerstört worden und musste wiederaufgebaut werden. Gut, vieles war ebenso hässlich und billig und trostlos gebaut, aber es war neuer.

Meine Heimatstadt Köln, eine römische Stadt mit 2000 Jahren Geschichte, war zu 90 % zerstört! „Gott" sei Dank blieb unser geliebter Dom stehen, wenn auch mit reichlich Blessuren.

In London, vor allem in den Außenbezirken, schien alles 50 Jahre zurück zu sein. Die Schornsteine spuckten Kohledampf aus, die Fenster in den uralten Häusern waren undicht und es gab eine Sperrstunde in den Pubs um 23 Uhr.

Ich fand es spannend, weil es auf mich wie eine eingefrorene schöne alte Zeit wirkte, die wir nicht mehr hatten, die kaputt gebombt war, die aber auf andere Weise altbacken und fast ebenso preußisch war.

Lieber Michael, es war aber so aufregend in England, unheimlich traditionell und old school, aber toll.

Sofort hatte ich das Gefühl von verlorener Heimat, von liebevoller Umwelt. Die Menschen bei euch waren anders, eben britisch.

Man entschuldigte sich für alles. Trat ich jemand in der Oxford-Street auf den Fuß, so entschuldigte sich der- oder diejenige bei mir.

So etwas gab es in Deutschland nicht. Da wurde (und wird) man sofort angeschnauzt, obwohl man sich entschuldigt. Das interessierte nicht. Der Deutsche ist da unerbittlich. Hast du etwas falsch gemacht, egal, ob ohne oder mit Absicht, musst du zurechtgewiesen werden. Das ist deutsch, preußisch halt. Kein Erbarmen, so war es immer schon!

Im „Dritten Reich" bedeutete so etwas „Tod". „Du hast mir auf den Fuß getreten, du bist ein Sch... Jude, du gehörst nach Auschwitz. Kein Erbarmen!"

Logisch, dass ich mich bei euch direkt wohl fühlte. Erst dort wurde es mir bewusst, dass es anderswo anders sein kann und auch tatsächlich ist. Dass Düsterkeit und Mürrigkeit nicht „gottgegeben" sind, sondern eben deutsch.

Es ist doch oft so, erst wenn man in die Ferne zieht, erkennt man das wahre Wesen der Heimat, das Gute und das Schlechte davon.

So ist jede Reise in die Welt hinein eine Reise in die Erkenntnis des Eigenen, des scheinbar „Gottgegebenen". Eine Reise ins eigene Ich sozusagen.

Ich war bei einer ganz einfachen Arbeiterfamilie in Brighton zu Gast. Im Wohnzimmer gab es einen „Chimney" (offenen Kamin). Ich höre die Gastmutter noch rufen, *„Don't set my Chimney alight!"* rief sie. Man sollte aufpassen, nicht zu sehr das Feuer zu schüren, es könnte alles in Flammen aufgehen.

Ansonsten gab es im ganzen (sehr kleinen) Haus keine Heizung, nur diesen Kamin, der alles warm halten sollte. So versammelte sich alles immer im Wohnzimmer, weil alle anderen Räume kalt blieben. Gemütlich halt, aber auch unheimlich. So etwas kannte ich nicht. In der „gehobenen Mittelklasse" (ein Ausdruck meiner Mutter) gab es das nicht.

In diesem kleinen Haus in Brighton gab es noch einen Boiler im Obergeschoss, der in einem Schrank versteckt war. Dieser uralte Behälter sollte für warmes Wasser im Bad sorgen. Er wurde mit Strom erhitzt, nur dass dauernd die Sicherung durchbrannte, weil das Aufheizen die uralte Hausleitung überlastete.

Es war so primitiv dort, aber das war egal. Die Herzlichkeit der Familie war einzigartig. Es gab sogar die in Deutschland so gerühmte Gemütlichkeit. Nur war unsere deutsche Gemütlichkeit oft nur ein schönes altes Klischee. Gemütlichkeit im Nachkriegsdeutschland sah da ganz anders aus.

Es gab menschliche Härte, nicht aus Menschenverachtung, sondern aus **Selbstverachtung**. Das deutsche Volk war schließlich gebranntmarkt, da kommt keine Gemütlichkeit mehr auf. Ein Tätersyndrom (natürlich bis zu einem gewissen Punkt zu Recht).

Das ist Erinnerung von gestern, als die Juden noch Nachbarn und Freunde waren. Als sie noch nicht unsere Brunnen vergiftet hatten und uns braven Deutschen mit Wucherzinsen überzogen hatten. Als die jüdische Weltherrschaft uns noch nicht den Hals zugedrückt hatte. Ja, das war eine schreckliche Erkenntnis, die Juden waren unser Unglück gewesen und nun waren wir die Bösen! Gemütlichkeit? Drauf gesch**ssen!

(Selbstverständlich sind diese Worte sarkastisch gemeint!!).

Das alles gab es bei euch nicht, lieber Michael.

Ihr wart unbeleckt *(auch diese Aussagen sind plakative Sarkasmen).*

Eure Vergangenheit war großartig. Ein Weltreich war erobert worden, ihr wart die Könige der Welt. Großes war geleistet worden, nur jetzt war es anders. Alles war vorbei, das Weltreich war zerbrochen, vieles verkam und der Glanz der alten Zeit war vergangen und hatte sich in rostige, alte Geländer in Brighton und abbröckelnde Fassaden in Blackpool verwandelt. „Rotten" war das Wort, das eure Sprache so schön dafür parat hält, „rotten".

So hatten wir doch wieder etwas gemeinsam. Alte glanzvolle Zeiten, hier wie da, waren gewesen und waren nun nicht mehr. „Rottenness" auf beiden Seiten, nur die Schuld wurde anders bewertet. Holocaust hier und Kolonialismus dort. Was soll's. So schließen sich Kreise und neue tun sich auf.

14. Juni.

Lieber Michael,

ich erinnere mich an eine Begebenheit in Sri Lanka, wo ich jahrelang Urlaub machte.

Sri Lanka war bis 1972 eine britische Kronkolonie gewesen und dieses wunderbare Land hatte den Briten viel zu verdanken.

Die gesamte Infrastruktur, das Verwaltungswesen, Schule, Straßennetz, eben alles, was einen modernen Staat ausmacht, war im Grunde britisch.

Und da die Ceylonesen europäische Menschen vergöttern, weil sie so klug und gut sind und weil die Einheimischen traditionell eher unterwürfig, als aufmüpfig waren, funktionierte dieses Joint Venture wunderbar.

Erst später wachten viele auf und setzten ihre Unabhängigkeit und Eigenständigkeit durch. Aber das ist eine andere und viel längere Geschichte, die man überall nachlesen kann.

Mir geht es um ein spezielles Erlebnis, das zeigte, wie sehr dieser Kolonialismus noch in den Köpfen vieler Briten verankert war.

Eines Tages also, saßen wir zu Dritt an einem Tisch in einem schönen, gemütlichen Einheimischenrestaurant irgendwo in der Nähe unseres Hotels und aßen zu Abend. Neben uns am Tisch saßen vier Engländer laut grölend an einem Vierertisch.

Plötzlich kam einer der Briten auf die Idee, ein Foto von deren Tisch machen zu wollen. Er holte sich, ohne zu fragen, den leeren 4. Stuhl von unserem Tisch und schob ihn ein Stück weg, stellte sich darauf und machte von da, laut gestikulierend, ein Foto von deren Tisch.

Bevor ich etwas sagen konnte, kam der Restaurantleiter zu unserem Tisch und bat den Briten höflich, dieses schlechte Benehmen sofort zu unterlassen und von „unserem" Stuhl herabzusteigen und sich zu seinem Tisch zurückzubegeben.

Anstatt höflich zu reagieren, wie Briten es sonst täten, schrie er den Restaurantleiter laut an und machte statt dessen weiter Fotos.

Erst da schaltete ich mich ein und forderte den Briten auf, sich sofort an die Anweisungen des Leiters zu halten, was dieser dann mit einer deutschfeindlichen Bemerkung widerwillig tat.

Dieses Erlebnis passierte in ähnlicher Form überall dort, wo Briten mit Einheimischen zu tun hatten. Sie dachten offenbar immer noch, dass sie die Herren dieses Volkes und Landes seien.

Nun sind das sicherlich Einzelfälle, sie befeuern jedoch Vorurteile. Natürlich gibt es auch Deutsche (und viele andere), die sich ebenfalls schlecht benehmen, sicherlich heute noch mehr, als zu dieser Zeit (1980er und 1990er).

Aber sie prägten sich ein und wir waren entsetzt, wie verbreitet solches Verhalten, für uns völlig unerwartet, noch immer war.

03. Juli.

Lieber Michael,

unerwartet erlebten wir im Jahre 1990 das erste und einzige Mal in unserem Erleben eine Diskriminierung, weil wir Deutsche waren.

Ich bin auf eine Weise groß geworden, dass unser Land (hier ist erst einmal nur die Bundesrepublik Deutschland, also Westdeutschland, gemeint) eine böse Vergangenheit hat und wir froh sein konnten, überhaupt in der Welt noch geduldet zu sein.

Deutsch zu sein, war nie unbelastet. Es gab kein Nationalbewusstsein (das sollte sich erst 2006 bei der Fußball-WM ändern), Nationalflaggen (speziell unsere eigene) waren verpönt und die Nationalhymne, die damals noch zum Ende der Sendezeit im TV um Mitternacht ertönte, wurde schroff ausgeschaltet, wir wollten sie einfach nicht hören.

All das galt uns als Nationalismus oder sogar Militarismus. Obwohl die deutsche Flagge eigentlich aus der ersten deutschen Revolution von 1848 stammte. Ihre Farben Schwarz/Rot/Gold sollen bedeuten: In tiefer Nacht, mit fließendem Blut in die goldene Freiheit und haben natürlich nichts mit Militarismus oder Nazismus zu tun! Das wussten wir natürlich als sehr junge Menschen noch nicht. Wie überhaupt wir nicht besonders wissend oder logisch in dieser Richtung waren.

So rechneten wir als Deutsche auch immer mit Anfeindungen im Ausland. Dies geschah jedoch damals in meinem Erleben nie.

Selbst in Israel wurde ich mit höchstem Respekt behandelt. Ich sprach dort nie deutsch, sondern immer English. Oft jedoch antworteten Menschen auf Deutsch, weil sie uns als solche erkannten, um uns ihren Respekt zu zollen.

Für uns war das eine edle Erfahrung. Deutsch sein und anerkannt zu werden, ja mit Respekt behandelt zu werden? Das war überirdisch, das war ein tolles Gefühl!

Im Jahre 1990, kurz nach der deutschen Wiedervereinigung (die am 03.10.1990 vollzogen wurde), waren wir im Dezember wieder in Sri Lanka und saßen am Pool unseres Hotels direkt am Indischen Ozean und lasen ein Buch. Wir hatten unsere Liegen um 8 Uhr morgens von unserem Poolwärter zugewiesen bekommen, obwohl dies gar nicht vorgeschrieben war. Alle anderen Liegen waren zu diesem Zeitpunkt noch frei.

Um ca. 10 Uhr morgens kamen Österreicher und Franzosen zu uns und reklamierten unsere Liegen für sich, obwohl alle anderen noch frei waren.

Wir sagten ihnen, das sie sich doch andere Liegen nehmen könnten, wir lägen nun einmal jetzt darauf. Damit waren sie nicht einverstanden, sie wollten gerade unsere Liegen haben. Sie behaupteten, sie lägen immer auf diesen Liegen, das solle auch so bleiben.

Alles Diskutieren half nicht. Die Situation war sehr unangenehm und schwierig, da die Gruppe in der Mehrheit war und wir nur zu zweit in der Minderheit waren. Außerdem mussten wir, des Französischen nicht besonders mächtig, mit Händen und Füßen argumentieren, denn die Franzosen sprachen kein Englisch, geschweige denn Deutsch.

Dann sagten die Österreicher etwas zu uns, was ich noch nie vorher (und auch nachher) jemals gehört hatte: „Ihr scheiß Deutschen wollt nur wieder die Größten sein!"

Ich beendete die Diskussion, indem ich zum Hoteldirektor ging, der daraufhin zu der Gruppe kam und ihnen mitteilte, das es im Hotel nicht üblich sei, Liegen zu besetzen, jeder Gast aber das gleiche Recht hätte, eine Liege seiner/ihrer Wahl zu nutzen.

Die Gruppe wollte nicht darauf eingehen und wetterten weiter gegen uns. Kurzer Hand reisten wir unmittelbar ab, um weitere Auseinandersetzungen zu vermeiden.

Ich denke, einige Leute waren im Jahre 1990 sehr nervös, aus Angst, Deutschland würde wieder zu groß, etwas, was wir ja selber für unser Land befürchtet hatten.

Aber eine solche Diskriminierung blieb glücklicherweise ein Einzelfall und wir erlebten so etwas nie
wieder seitdem.

17. August.

Lieber Michael,

gibt es tatsächlich einen internationales Rollback?

Der Brexit zumindest, ist ein Rollback, wie ich finde, zurück zu alten glanzvollen Zeiten? *„Britannia rules the waves?"* Oder ist es ein Neuanfang, ein Aufbruch in unabhängigere Zeiten?

Wir wiederum, als Deutsche, haben etwas Ähnliches in unserer Geschichte. Dunkle Zeiten galt es 1989 zu überwinden. *„Deutschland einig Vaterland"* riefen Sie in diesem geschichtsträchtigen Jahr, unsere ostdeutschen Brüder und Schwestern. Wie bitte? Auf einmal waren wir wieder Brüder und Schwestern?

40 Jahre waren wir Todfeinde gewesen, wir, die von „drüben", die Westler. Brüder und Schwestern?

Die „Ossis" waren uns fremder, als ihr Briten. Menschen aus einem Land von vorgestern, obwohl dieses Land danach lechzte, aus der neuen Zukunft zu stammen.

Sozialismus und Diktatur der Arbeiter und Bauern. Erneut eine Diktatur in Deutschland, wenn auch nur im kleineren Osten, wieder „von oben" aufoktroyiert.

Zusätzlich skurril war der „Untertitel" dieser Scheindemokratie („Deutsche Demokratische

Republik"): „Diktatur des Proletariats" oder „Arbeiter- und Bauernstaat".

Welcher Hohn. Eine Diktatur, die sich auch noch selbst so nennt und glaubt, sie gehöre einer neuen Zeit an!

„Gemeinwohl und Vergesellschaftung der Produktionsmittel", wie es hieß. Abschaffung von Kapitalismus und seiner hässlichen Fratze. Abschaffung von Unterdrückung und Ungleichheit. Das klang nach französischen Revolutionswerten.

Nur sah es niemand, dieses sozialistische Glück und Freiheit und Gleichheit waren von wenigen Apparatschiks bestimmt und nicht, wie versprochen, vom Volk. Der ganze Rest ist Geschichte. Von Geschichte haben wir alle sehr viel zur Verfügung.

Unsere jeweilige Geschichte erstickt uns manchmal beide, Michael, gibt aber gleichzeitig den Blick frei für das, was anders werden sollte.

01. September.

Lieber Michael,

„denk ich an Deutschland in der Nacht, bin ich um den Schlaf gebracht". Dieser Satz von Heinrich Heine gilt heute für viele Länder. Vor allem für das Vereinigte Königreich. Wo geht eure Reise hin? Alleine in einem Meer von „Weltmächten"?

Ihr habt das „Rom" (Die EU wird oft mit dem römischen Weltreich verglichen, siehe die Gründungsverträge, die „Römische Verträge" genannt werden) unserer Zeit verlassen.

Jeder denkt darüber, was es ist, nämlich Selbstmord. Ohne „Rom" geht nichts, „Rom" ist Vergangenheit und Zukunft zugleich. Wir alle stammen von und aus „Rom", „Rom" ist unsere Kultur, unser Erbe, gemeinsames Erbe. Wer „Rom" verlässt, verlässt die bekannte Welt, wird zum Barbaren, zum Outcast.

Oder liegt die Wahrheit im Umgekehrten? Sind wir römisch verblendet? Ist die EU das Dekadente oder ihr im Vereinigten Königreich?

Die Zukunft wird es zeigen, die Historiker von morgen werden es wissen oder werden sich streiten um die Deutungshoheit. Die einen werden dies sagen, die anderen das, wie immer.

Lieber Michael, ich bin bewegt, „mein" Großbritannien, das ich als 16jähriger lieben lernte, geht
von Bord, macht sein eigenes Ding.

Klar, das Vereinigte Königreich bleibt grundsätzlich
erreichbar, aber eben anders. Wird man ein Visum
brauchen? Muss man mit Reisepass reisen? Wer
weiß das jetzt, am Ende des Jahres, schon?

Ich liebte vor allen Dingen London, diese Metropole,
die ständig im Wandel, groß und beeindruckend
und doch auch an Stellen provinziell und
kleinbürgerlich ist.

Ich denke an einen
Besuch kurz vor
Weihnachten im Jahre
2010, zwei Jahre vor
den Olympischen
Spielen im Jahre 2012.

Wir gingen über den
Weihnachtsmarkt am
Ufer der Themse. Es
war wunderbar und
märchenhaft! Wir hatten
das Gefühl, in Deutsch-
land zu sein. Viele
Buden waren in
Deutsch beschriftet, es
gab Bratwurst und
Glühwein. Es war ein
Stück das Gefühl, wir sind auch hier zu Hause.

Egal, wo wir sind, wir sind in Europa, wir sind zu Hause! Ist das nicht ein tolles Gefühl?

Im Hyde Park gab es einen Jahrmarkt. Der war so wie Jahrmärkte aus meiner Kindheit, deutscher ging es nicht. Alle Buden und Fahrgeschäfte waren in Deutsch ausgezeichnet. Nicht so kommerziell, wie sonst Jahrmärkte sind. Einzigartig und bezaubernd. Bei uns ist es immer umgekehrt, alle Kirmesgeschäfte haben englische Namen, weil das ja so modern und cool ist. Eine verdrehte Welt, „upside down".

Aber das Schöne an dieser Erfahrung ist, das sich doch alles zu vermischen scheint. Jeder schaut beim anderen, was schön oder neu ist und übernimmt es einfach. Warum auch nicht?

Die Vielfalt in unserem Europa ist schon sehr groß, alle profitieren davon und teilen es und was am wichtigsten ist, wir sind auch in der Lage dazu.

Abgesehen von Coronazeiten, ist das Reisen heute kein Problem mehr. Es ist erschwinglich, geht schnell und die Sprache ist dann kein Problem, wenn man einigermaßen Englisch kann.

So haben viele Menschen Kontakte mit einer Reihe von anderen Kulturen und Ländern und ein Krieg hat deshalb nur noch wenig Chancen.

Kontakte schaffen Frieden oder zumindest Verständnis und Kennenlernen. Denn kennt man jemanden nicht, kann man ihn nicht verstehen. Vorurteile übernehmen das Ruder und der Frieden hätte wenig Chancen.

10. Oktober.

Lieber Michael,

ich erinnere mich an diesen wunderbaren Film: *„Merry Christmas"*[1]. Er beschreibt diese wunderbare, wahre Geschichte, wo sich die Soldaten der britischen und der deutschen Seite im 1. Weltkrieg in ihren Schützengräben gegenüber liegen und beschießen.

Am Weihnachtsabend jedoch schweigen auf beiden Seiten die Waffen und man kommt zum gemeinsamen Feiern zusammen. Weihnachtslieder werden gemeinsam gesungen und Weihnachtsbäume aufgestellt. Am nächsten Tag geht man zurück in die Schützengräben und schießt wieder aufeinander. Was für ein Wahnsinn, welche Geschichte!

Wenn ich diesen Film anschaue, muss ich weinen, weil ich diese Geschichte so symbolhaft finde. Das Schicksal eines Kontinents in einer kleinen Geschichte auf den Punkt gebracht. Hass und Liebe in einem gemeinsamen Moment.

Lieber Michael, du siehst, unsere Beziehung hat viel mit Gefühlen zu tun. Ebenso wie es mich immer schmerzte, dass mein Land 40 Jahre geteilt war, so schmerzt mich euer Brexit. Er ist das Anachronistischste, das ich mir vorstellen kann.

---

[1] Siehe: Zitieren von Quellen aus dem Internet. URL: https://de.wikipedia.org/wiki/Merry_Christmas_(Film). Status: 08.12.2020.

Aber wer weiß, was uns alle noch erwarten wird. Wird die EU Bestand haben? Wird auch dieses „Weltreich" scheitern und untergehen?

Spätestens seit Donald Trump und Konsorten wissen wir, dass <u>alles</u> möglich ist. Nichts ist undenkbar.

Hatte ich noch vor Jahr und Tag gedacht, zwei Weltkriege müssten gereicht haben, um uns wissen zu lassen, dass so etwas nie wieder passieren dürfte und hatten wir gedacht: ‚Nein, das kommt tatsächlich nie wieder!', so bin ich mir heute nicht mehr sicher, im Gegenteil, ich glaube, es ist alles möglich.

Corona hat uns die Augen geöffnet. Es ist eben keine Science-Fiction, es ist Realität und doch ist noch mehr zu erwarten und nicht immer Gutes.

27. November.

Lieber Michael,

wie ich dir bereits erzählt habe, waren wir im Jahre 2010 in London.

Da ich Ende der 1980er Jahre bereits oft London besucht hatte, wusste ich, ein schönes Hotel mitten in der Innenstadt zu buchen, war am angenehmsten, dann brauchte man nicht zu lange mit Bus und Vorstadtbahn zu fahren, um in die Innenstadt zu gelangen. Denn in unserem Alter ist es bei solch anstrengenden Städtereisen wichtig, eine Pause im Hotel machen zu können, z.B. mittags.

Ich buchte also per Internet extra mitten in der Innenstadt zwei Einzelzimmer.

Nach einem zwar kurzen Flug, aber einer trotzdem anstrengender Anreise, waren wir froh, im Hotel angekommen zu sein.

Schon der Weg dorthin war mühsam, denn mit Koffern in öffentlichen Verkehrsmitteln zu fahren und dies zu dieser Zeit, kurz vor Weihnachten und ein paar Monate vor den Olympischen Spielen, war schon eine Herausforderung per se.

Wir kamen also im Hotel an, das sich uns als ein schönes kleines Haus im viktorianischen Stil präsentierte, sagte uns der Rezeptionist, wir hätten aber keine zwei Einzelzimmer gebucht. Ich zeigte ihm meine Buchungsbestätigung, worauf alle Daten stimmten und meine Behauptung natürlich bestätigten.

Er wiederum zeigte uns dann aber seine Bestätigung der Reisegesellschaft und demnach hätten zwei Einzelbetten in einem **Achtbettzimmer (!!!)** bestellt.

Ich war außer mir. Es hatte wohl einen Übertragungsfehler gegeben und wir standen nun da mit unserem Gepäck und wussten nicht wohin, denn der Hotelier hatte keine Einzelzimmer mehr frei.

Glücklicherweise hatten wir damals schon Handys und ich rief die Reisegesellschaft in Deutschland an, die Gott sei Dank zu erreichen war. Man versicherte uns, dass wir in einer Stunde zurückgerufen und dann eine andere Unterkunft erhalten würden.

Wir erhielten tatsächlich diesen Rückruf und eine neue Hotelanschrift und waren zumindest zufrieden, bald eine neue Bleibe erhalten zu können.

Nun stellte sich aber heraus, dass unser neues Domizil nun doch weit außerhalb von London lag und wir insgesamt anderthalb Stunden brauchten, um dorthin zu gelangen. Genau das hatte ich ja vermeiden wollen, als ich mitten in London gebucht hatte.

Wir mussten in diesem Vorort nun aus der Eisenbahn aussteigen und eine lange Straße mit einer nicht kleinen Anhöhe hinaufgehen. Da wir nicht wussten, wo genau das Hotel war, hatten wir auch keinen Bus genommen, denn wir hätten nicht gewusst, wo genau die Haltestelle zum Aussteigen sein würde.

So kamen wir mit hängender Zunge am „Gipfel" dieser Anhöhe an und konnten von Weitem schon ein altes schönes, scheinbar hochherrschaftliches Gebäude erblicken, was unser Hotel sein musste.

Ich sagte noch zu meinem Mann, nun haben sie uns offenbar aus Entschädigung ein besonders edles Hotel gegeben!

Wir kamen dem Hotel also immer näher und ebenso nahe kam unser Erschrecken, dass es sich offenbar doch nicht als so schön und edel herausstellte, wie erhofft.

Es fing damit an, dass jeglicher Türdurchgang, schon im Foyer, mit einer Schwelle am Boden ausgerüstet war, über die man umständlich steigen und sein Gepäck hieven musste. Es wirkte so, als erwartete man in diesem Hotel eine Flutwelle, die gestoppt werden musste, denn diese Schwellen waren bestimmt 50 cm hoch. So etwas habe ich noch nirgendwo auf der Welt in einem Hotel gesehen und ich weiß bis heute nicht, wofür das wirklich gedacht war.

Die Zimmer waren sehr stark verdreckt und die Fenster waren nur einfach verglast, also uralt und total undicht, so dass (es war ja Winter) die kalte Luft des Londoner Winters in die Zimmer eindrang und alle Fenster im ganzen Hotel zum Beschlagen brachte.

Nicht dass das genug des Guten gewesen war. Am Morgen wurden wir zum Frühstück in den obersten Stock gebeten. Dort gab es einen ungeheizten, riesigen Frühstücksraum, dessen Fenster so undicht waren, dass es dort bitterkalt war.

Es gab mehrere automatische Toastmaschinen, die auf einem Quasi-Fließband Toasts aufwärmten. Ich hatte bis dato noch nie eine solche Maschine gesehen, fand sie aber recht praktisch für diesen Zweck.

Für das Toast zu belegen, gab es ausschließlich Butter in kleinen Plastikverpackungen und Marmelade nur einer Sorte, die ebenso in Plastikdöschen angeboten wurde.

Es gab Tee aus großen Teespendern und beobachtet und kontrolliert wurde das Geschehen von ca. 10 Angestellten, die jedoch nur herumstanden und nichts weiter taten. Die Bedienung musste man komplett selbst übernehmen. Eine Kantine hätte eine gemütlichere Atmosphäre geboten.

Ungefähr in der Mitte des Raumes befand sich ein an der Decke aufgehängter Fernsehapparat, der mit lautem Getöse ständig irgendwelche Musiksendungen präsentierte. An eine ruhige Unterhaltung war nicht zu denken. Alles in allem war es eher ein Raum zum Weglaufen.

Die Tage in London gestalteten sich als äußerst anstrengend, denn wir mussten natürlich auf eine Mittagsruhe völlig verzichten, eine anderthalbstündige Fahrt ins Hotel und zurück in die Stadt hätte den Tagesausflug zu stark verkürzt.

So schleppten wir uns abends um 21 Uhr hundemüde in unser „Hotel" und fielen wie ein Stein in unsere dreifach aufgeschichtete Uraltmatratzen, auf denen man hin und her wackelte, wie auf einem im Sturm segelnden Schiff.

Das einzige, was uns am Ende etwas für das alles entschädigte, war, dass ich von der Reisegesellschaft 25 % des Reisepreises zurückgefordert hatte und diese die Mehrkosten auch zurückerstatteten.

Auf jeden Fall Michael, blieb und bleibt uns dieser Londonaufenthalt für immer in bleibender Erinnerung, es war am Ende trotzdem schön gewesen.

05. Dezember.

Lieber Michael,

in diesem Monat werde ich öfters schreiben, euer endgültiger Ausstieg (aus der gemeinsamen EU-Wirtschaftszone) veranlasst mich dazu. Ich beschäftige mich ständig damit in meinem Kopf und vor allem in meinen Gefühlen rumort es kräftig.

Ein ganz wichtiger Aspekt meiner Jugend war es, englische Musik oder besser Popmusik zu hören.

In den späten 1960er Jahren und danach, war es in Deutschland so, dass es gute Popmusik so gut wie nicht in Deutsch gab. Musik für die Jugend musste Englisch sein. Das klang cool und hip, wie man heute sagen würde.

Deutsche Musik war da eher Schlager oder Volksmusik und da gab es wenig, was uns als Jugendliche begeistern konnte.

So kam es, dass die Beatlemania auch mich voll erfasste; mein erstes (und der Beatles letztes) Album war „Let it be".

Im Grunde erlebte ich von meinem Alter her nur noch den kläglichen Rest von deren Karriere. Die ersten Jahre bekam ich sozusagen bewusst erst nach deren Trennung im Nachgang mit.

Das alles brachte mir, schon sehr früh in meinem jungen Leben, die englische Kultur nahe. Ob es der Mythos der Carnaby Street war oder die Abbey Studios in London.

Alles Englische war für mich das Größte und das Tor zum bewussten Musikerleben dieser Zeit. Im Grunde Integrations- und Identifikationsmerkmal zugleich.

Eigentlich fing hier schon eine frühe Vermischung der Kulturen statt. Der Jugend war es letztendlich egal, woher die Musik kam, die Hauptsache sie war englisch, europäisch halt.

Sehr früh war dieses Momentum der Musik Identifikation und Kristallisation einer neuen, zunächst nur europäischen Kultur, die letztlich aber weltweit die Jugend zusammenbrachte.

Als ich in den 1980er Jahren im Sri Lankanischen Dschungel in einsamen Dörfern in Familien eingeladen war, ertönte auf dem Hof der Hütten Michael-Jackson-Musik, zu denen die Kids Breakdance tanzten.

Jeder kannte diese nun hauptsächlich amerikanische Musik, nein, es war bereits zu dieser Zeit bereits schon Weltmusik.

Man fühlte sich sofort und ohne Umschweife wie zu Hause, es war ein Gefühl von einem „Überall". Es war eine Zeit des Zusammenwachsens, des Aufbruchs und der Vermischung.

Niemand, der die gleiche Musik gut findet, wird sich so schnell bekriegen. Gemeinsamkeiten schaffen Frieden oder zumindest Gemeinschaftsgefühl.

Es gab noch kein „*America first*" oder „*Wir wollen alles alleine machen*". Der Wahlspruch war, wir wollen uns weltweit verbinden. Zumindest war es für die Jugend so.

10. Dezember.

Lieber Michael,

Das europäische Interrail-Konzept schuf zusätzlich eine Möglichkeit für unter 27-Jährige, für wenig Geld ganz Europa mit dem Zug zu bereisen, was ich mehrmals tat.

Ich bereiste im Grunde halb Europa. Unterwegs traf man immer wieder Jugendliche aus aller Welt, die mit einem Teilstrecken gemeinsam durch Europa fuhren.

Ohne die englische Sprache, die jeder mindestens ein bisschen sprach, wäre Kommunikation natürlich schwierig geworden.

So wurde auch diese Sprache zum Integrationsmoment einer ganzen Generation. Auch deshalb liebte ich sie von Anfang an.

Mit den Jahren erkannte ich immer mehr, das unser beider Sprachen zwar auf den ersten Blick sehr unterschiedlich sind, aber letztlich doch unglaublich viel Gemeinsames haben.

Ich nenne dir mal ein gutes Beispiel:

Nehmen wir das deutsche Wort „Fenster".

Fenster stammt aus dem Lateinischen, also wieder so ein Fall aus dem römischen Weltreich. Denn

Fenster waren eine hochkulturelle Sache der Römer. Römer hatten feste Gebäude, während viele Germanen noch in Hütten lebten. Feste Gebäude, vor allem, wenn sie im kalten Germanien errichtet waren, brauchten im Winter einen Schutz gegen Wind, Kälte und Regen. So erfanden die Römer Einfassungen für Öffnungen mit Glasscheiben, „Fenestra" eben.

Die römische Kultur hatte ihren Erfolg bekanntlich nicht so stark in Britannien, so dass sich römische Begriffe und Erfindungen oder besser Gebrauchsgegenstände dort weniger stark durchsetzten.

So blieben in Britannien (also auch in der Sprache) die einfache Sichtöffnung in den Hütten einfache „Windaugen", also „Augen" = Öffnungen, die nach draußen in den Wind gerichtet waren (windows).

Allein an diesem Beispiel kann man erkennen, wie sehr politische und historische Begebenheiten Sprachen beeinflussen und in diesem Fall das Germanische (später das Deutsche) in eine andere Richtung brachten.

Manchmal änderte sich bei bestimmten Worten nur die Bedeutung im Kleinen:

Beispiel: Die (Hand-)Karre, ein probates Transportmittel schon in der Antike, blieb im Englischen im weitesten Sinne eine „Karre", wurde dann zu „car" für Automobil, welches im deutschen Sprachraum dann aber von *„Automobil"* zu *„Auto"* abgekürzt wurde.

Das Wort *„Automobil"* setzt sich zusammen aus dem griechischen Wort *„auto"*, was *„selbst"* und aus dem lateinischen Wort *„mobilis"*, was „beweglich" bedeutet und ist zum Teil eben „römisch".

Das Grundwort, nämlich *„Karre"*, blieb im Deutschen zwar bestehen, behielt aber seine ursprüngliche Bedeutung: nämlich *„Karre"*, wird aber auch für das Auto benutzt, nur mit einer anderen Bedeutung: Eine Karre ist dann ein Auto, was als alt oder auch als „cool" angesehen wird.

An diesen wenigen Beispielen erkennt man gut die gesamte Gemengelage, die unsere beider Sprachen und natürlich letztlich unser beider Kulturen betrifft:

Wir kommen aus einem „Stall", sind uns sehr ähnlich, wir haben aber hier und da auf dem gemeinsamen, aber auch getrennten Weg, Changierungen, Änderungen und aber auch Ähnlichkeiten entwickelt, die uns heute noch erkennen lassen: Wir sind Familie, nur haben wir uns teilweise anders entwickelt. Wie eine Familie, die in der ganzen Welt verstreut lebt.

15. Dezember.

ein gutes anderes Beispiel für diese weltweite „Verstreuung" ist die Diaspora der jüdischen Volksgemeinschaft, die über die Jahrtausende in alle Welt zerstreut wurde und dort in vielen anderen Kulturen Fuß gefasst und sich dort integriert hatte.

Dies hatte sowohl das Zusammengehörigkeitsgefühl, als auch die Unterschiedlichkeit befeuert und somit zu einer großen Gemeinschaft geführt, die international zusammenhält, aber auch um ihre Unterschiede weiß und diese zu ihrem Vorteil zu nutzen gelernt hatte.

Der Holocaust, als Vernichtungskrieg gegen die Juden von außen (zu meinem Leidwesen von meinem eigenen Volk ausgehend) tat sein Übriges, das Bewusstsein für Gemeinsamkeit zu verstärken.

Würden wir uns heute bewusst machen, dass auch wir Europäer aus einem „Stall" stammen, wären die immer wieder aufflammenden Nationalismen und Streitereien in Europa weniger virulent und könnten vermieden werden.

Nichtsdestoweniger ist ein Streit unter Familie erst einmal nichts Schlimmes. Schließlich lebt Demokratie von Debatte, konstruktivem Streit und Kompromiss.

Ich glaube, dieses Spannungsverhältnis in Europa und speziell zwischen Großbritannien und Deutschland, hat große Vor- aber auch Nachteile und nur wenn wir es schaffen, uns diesen Spannungsbogen immer wieder bewusst zu machen, können wir gemeinsam von dieser spannenden Situation profitieren.

Wir sind vielfältig und individualistisch, aber auch integrativ und einseitig, das Geheimnis ist und bleibt, die Balance, der Gleichklang trotz aller Widrigkeiten.

Du siehst Michael, wir sind uns näher, als wir dachten.

20. Dezember.

Lieber Michael,

im Zuge des Brexit habe ich in den letzten Monaten sehr oft die Debatten in eurem Unterhaus verfolgt. Hauptsächlich ging es dabei um den Brexit.

Abgesehen von den unterhaltsamen und launigen Traditionen, die uns „anderen" sehr merkwürdig und comedymäßig erscheinen, wurde mir aber bewusst, wie alt und traditionsbewusst eure parlamentarische Demokratie doch ist.

Man hat das Gefühl, die Zeit ist vor Jahrhunderten stehen geblieben. Man könnte meinen, man befände sich zu Shakespeares Zeiten!

Schaut man sich dagegen unseren Bundestag bei Debatten an, ist man direkt im heutigen Zeitgeschehen. Ohne Pomp und Gloria wird da debattiert, es geht um nüchterne Angelegenheiten (außer wenige Beispiele, wo es in letzter Zeit auch schon einmal hoch hergehen kann), aber von wirklich alter Tradition kann man da nicht sprechen.

Im Grunde sieht man bei einem Vergleich zwischen Unterhaus und Bundestag den großen Unterschied zwischen unseren Systemen.

Dies ist mitnichten eine Bewertung, ich finde es gut, dass wir da so unterschiedlich sind. Denn wären alle Parlamente gleich, hätten wir keine Vergleichsmöglichkeiten mehr.

Der andere Punkt ist die Art der Staatsverfassung, hier Konstitutionelle Monarchie, dort Parlamentarische Demokratie. Wie unterschiedlich da doch unsere Geschichte ist.

Unser deutscher Kaiser hatte 1919 abdanken müssen und seitdem ist die Monarchie weit weit weg.

Die Revolution von 1919, die zur Gründung der Weimarer Republik, unserer ersten Demokratie, geführt hatte, fegte die alte Ordnung einfach mit einem Handstreich weg.

Gut oder besser schlecht, wir hatten den Faschismus und waren die Verursacher zweier Weltkrieg, sozusagen zwischendurch, aber Monarchie war vorbei.

So sind unsere Länder und ihre Verfassungen grundverschieden, obwohl sie ihre Ähnlichkeiten im Ursprung behalten haben.

Monarchie, Feudalismus und Tradition sind bzw. waren auf beiden Seiten vorhanden, nur völlig anders.

Ein britisches Weltreich mit einem vereinigten Königreich als Grundlage und bis 1871 Vielstaaterei mit Königreichen, Fürstentümern und Kleinstaaten in Deutschland bieten eben einen Unterschied par excellence.

Die Gemeinsamkeiten der „Familie" waren bis zur Unkenntlichkeit verdrängt und verloren. Hass, Vergeltung und Krieg übernahmen die Szenerie.

Nur der absolute Zusammenbruch, die „Stunde Null" für alle, schaffte einen Neuanfang.

Buchstäblich aus Ruinen erwuchs eine winzige Pflanze der Versöhnung, ein Neuanfang, der zu einer starken Freundschaft wurde, nicht unbedingt oberflächlich betrachtet, sondern manchmal auch nur tief verborgen und versteckt, wuchs im Laufe der Jahrzehnte nach dem absoluten, apokalyptischen Zusammenbruch ein neues Verhältnis heran.

Ich denke da mit sehr großer Wehmut an eine Geste des britischen Königshauses, stellvertretend für das Vereinigte Königreich, das zum Wiederaufbau der Frauenkirche in Dresden den oberen Kronenabschluss auf dem Dach gespendet hatte.

Großbritannien bekundete damit, dass es dem Vereinigten Königreich leid tut, diese wunderbare Kirche in einem Angriff der Tausend Brandbomben 1944 und 1945 zerstört zu haben und damit symbolisch natürlich auch die Tausenden von Toten zu beklagen.

Die Frage der ursprünglichen Schuld spielte dabei keinerlei Rolle und dies war für mich die eigentliche Versöhnungsgeste.

Schau dir doch einmal das Video zum Wiederaufbau dieser wunderbaren Kirche an. Im Zeitraffer wurde der Fortgang des Wiederaufbaus dokumentiert und die Aufbringung der „britischen Spitze" krönt diese Dokumentation. Ich muss jetzt schon wieder weinen, denn es bewegt mich sehr.

Auf der anderen Seite gibt es sicher immer noch Vorbehalte auf beiden Seiten und Ressentiments zwischen Deutschen und Briten flammen immer wieder mal auf.

Denken wir nur an Fußballspiele, da kochen die Emotionen hoch und entladen sich schon mal in nationalistischen Ausbrüchen. Aber letztlich ist es ein altes Spiel, das eigentlich und in Wirklichkeit niemand ganz so ernst nimmt.

Wenn Angela Merkel mit Hitlerbart dargestellt wird, dann tut mir das weh und ist nicht in Ordnung, weil es einfach Blödsinn ist. Aber wir kennen das Spiel, es ist halt so, alte Klischees und Vorurteile werden hervorgekramt, wir wissen letztlich, dass es nicht so gemeint ist (oder?).

Ich kann es sogar manchmal auch verstehen, aber ich bin nun mal Deutscher und ich fühle den Schmerz, kann aber heute besser damit umgehen.

Vor allem weiß ich, es gibt liebe Menschen wie dich, Michael, die mir dann bewusst machen, dass es eine andere Welt gibt, in dieser sind wir Freunde und achten uns gegenseitig.

Gerade, weil wir Feinde waren, sind wir heute um so mehr Freunde. Es geht auch gar nicht mehr anders, Brexit hin oder her.

25. Dezember.

Lieber Michael,

heute ist Weihnachten. Zeit der Besinnung.

Schon wieder haben wir etwas gemeinsam, und doch ist es anders.

Weihnachten bei uns heißt, Heilig Abend ist Bescherung und wir erwarten das Christkind am Abend. Ihr wiederum feiert Weihnachten eher am 1. Weihnachtstag.

Gemeinsam ist uns der Weihnachtsbaum, der nach neuesten Erkenntnissen eine ursprünglich deutsche Erfindung ist.

Niemand im Vereinigten Königreich wird das wahrhaben wollen, aber es ist so. Freut euch, dass ihr auch einmal etwas von uns Deutschen übernommen habt! Es ist doch eine schöne Tradition.

Wir wiederum kennen den Brauch des Mistelzweiges, den man sich über die Türschwelle hängt, überhaupt nicht.

Ebenso, wie wir Halloween früher niemals gefeiert, geschweige denn gekannt haben, noch gab es einen roten Weihnachtsmann mit Bart!

All diese Dinge kommen aus Amerika zu uns und verwässern unsere Traditionen. Das ist auf der einen Seite total unangebracht, auf der anderen Seite zeigt es, wie sehr sich alles vermischt.

Obwohl die Übernahme eines „Black Friday" von den USA naturgemäß hauptsächlich ökonomischer Natur ist und sich dadurch noch mehr Geschäft in den Läden machen lässt, haben wir es neuerdings auch.

So heißt es auch bei uns heute auch nicht mehr Schlussverkauf im Winter oder Sommer, sondern „SALE".

Ich hadere da immer noch mit, ob ich das nun als gutes Zeichen des Zusammenwachsens betrachten soll oder ob ich es als Verunglimpfung unserer Tradition und Kultur ansehe. Wie immer bin ich da sehr ambivalent.

Aber ist es nicht gerade diese Ambivalenz, die das Ganze so spannend und vielseitig macht? Die uns verbindet, weil wir es ja doch alle gemeinsam kennen und auch gemeinsam feiern?

Was sagst du?

Ich denke, diese Ambivalenzen sind ein wesentliches Element unserer gemeinsamen Geschichte, es drückt den Spannungsbogen aus, den unsere Koexistenz bedingt und ausmacht.

Vielfalt statt Gleichmacherei, Ambivalenz statt Abtrennung und Singularismus, Freundschaft, statt Zwiespalt. Gemeinsames halt, mit vielen Nuancen und Diversifizierungen.

Ist es nicht höchst britisch und gleichzeitig grundlegend deutsch (oder besser noch preußisch?).

31. Dezember.

Lieber Michael,

das Jahr geht zu Ende und wir wissen noch nicht, was alles noch kommt.

War dir eigentlich bewusst, wie unterschiedlich Deutsche und Briten doch sind?

Wusstest du, wie wenig wir Deutsche eigentlich eine Nation waren, bis dass 1871 Bismarck die Vielstaaterei in Deutschland beendete und er mit Ach und Krach den bayerischen König im letzten Augenblick dazu überreden konnte, der neuen Union beizutreten?

In Wahrheit sind wir ein Konglomerat von verschiedenen Volksgruppen. Die Sachsen oder die Bayern, die Rheinländer oder die Niedersachsen. Von den Schwaben ganz zu schweigen.

Verschiedene Stämme, verschiedene Sprachen, verschiedene Mentalitäten und Geschichte.

Bei euch ist es ganz anders, du weißt es am besten.

Schon von daher gibt es große Unterschiede. Ein wirklich homogenes Nationalbewusstsein brauchte lange in Deutschland, um überhaupt erst zu entstehen.

Dies haben letztlich die Nazis ausgenutzt, weil die Deutschen doch in Wahrheit eine große Sehnsucht hatten, endlich eins zu sein, obwohl sie es eigentlich nicht waren und lange nicht sein wollten.

Wer kein echtes Nationalgefühl hat, und sich doch danach sehnt, folgt denen, die es überhöht anbieten und die es herbeirufen.

Endlich war da ein „starker Mann", der alle vereinen wollte und das große deutsche Volk zusammenführen wollte.

Nur, er führte das Volk zwar zunächst zusammen, aber dann gemeinsam gegen die Welt in den Abgrund. Und er riss gleich ein ganzes anderes Volk, das eigentlich in Teilen ein Teil des eigenen deutschen Volkes war, mit in den Tod hinein.

Es war nicht nur ein Abgrund der Völker, es war ein Abgrund der Seele.

Unser aller Seele wurde missbraucht und getötet. Die Seele des Menschlichen.

Wir werden uns alle, die wir Menschen sind, niemals an diesen Gedanken gewöhnen können, dass es Monster gab, die so etwa taten, seien es Deutsche oder andere gewesen, das spielt letztendlich keine Rolle mehr.

Denn wir mussten alle in diesen Abgrund schauen, der uns zu erkennen zwang, zu was der Mensch, nämlich wir alle, fähig sind.

Das nimmt und nahm bis heute kein Ende, mahnt es uns alle aber, dass wir dem wehren müssen, im Kleinen, im Alltag, einfach überall.

Möge uns unsere gemeinsame Geschichte, die britische und die deutsche, ein Mahnmal sein für das, was war und das, was kommen wird.

Wir schaffen das, sagte einmal unsere Kanzlerin.

Lass uns diese Botschaft ernst nehmen, heute *lieber Michael*, am Ende eines so schwierigen Jahres. Wir schaffen das!